EXTRAIT

DU CAHIER

DES

POUVOIRS ET INSTRUCTIONS

DES DÉPUTÉS

DE L'ORDRE DU TIERS-ÉTAT

DU BAILLIAGE DE MEAUX.

1789.

EXTRAIT DU CAHIER

Des pouvoirs & instructions des Députés de l'Ordre du Tiers-Etat du Bailliage de Meaux, remis à M. Houdet, lieutenant-général criminel au Bailliage de Meaux, & Maire de ladite ville, & à M. Defescoutes, négocians à Coulommiers, élus Députés aux prochains Etats-Généraux, le 21 Mars 1789.

L'ORDRE du Tiers-Etat du Bailliage de Meaux enjoint à ses Députés de ne reconnoître la dette publique & de ne voter sur les subsides, qu'après que les droits de la Nation auront été solemnellement reconnus.

L'ordre du Tiers-Etat du Bailliage de Meaux, charge encore ses Députés de déclarer dans l'assemblée des Etats-Généraux, qu'il regarde les articles suivans, comme bases constitutionnelles.

A 2

I. La France eſt un Empire gouverné par un Roi , ſuivant les loix.

II. Le trône eſt héréditaire de mâle en mâle en ligne directe & collatérale , à l'ex-cluſion des filles & de leurs deſcendans quelle que ſoit la proximité.

III. Au Roi & à la Nation , repréſentée par ſes Députés aux Etats-Généraux , ap-partient conjointement le pouvoir légiſ-latif.

IV. Au Roi appartient la plénitude du pouvoir exécutif.

V. La Nation Françoiſe eſt diviſée en trois Ordres; l'Ordre du Clergé , l'Ordre de la Nobleſſe & l'Ordre du Tiers-Etat. Les Etats-Généraux de 1789 fixeront l'orga-niſation des Etats-généraux ſubſéquens ; ils détermineront dans quelle claſſe cha-que citoyen doit être placé ; en obſer-vant que les Députés de chaque Ordre ſeront néceſſairement pris dans leur Ordre , ils détermineront pareillement le nombre de Députés que chaque Province , Bailliage ou arrondiffement enverront aux Etats-Généraux : mais dans la fixation du nombre refpectif des Députés de chaque Ordre , ceux du Tiers-Etat feront toujours en nombre égal aux Députés réunis des deux premiers Ordres.

VI. Les citoyens feront tous admiffibles à tous les emplois , charges , offices & places dans le Miniftere , dans les armées , dans la marine, dans la Magiftrature & dans l'Ordre eccléfiaftique. Toute loi & tous réglemens contraires au préfent article , feront dès ce moment abrogés, & ne pourront, dans quelque circonflance & fous quelque prétexte que ce foit, être rétablis ou renouvellés.

VII. Les impôts n'étant que des *dons gratuits* , aucun impôt direct ou indirect, fous quelque dénomination qu'il foit établi , affis ou perçu , aucun emprunt portant conftitution de rentes viageres , ou perpétuelles, ou rembourſables à époque, ne pourront être établis & créés, que du conſentement de la Nation repréſentée par ſes Députés aux Etats-Généraux.

VIII. Tous les impôts, ſubſides & contributions pécuniaires, qui ſeront jugés indiſpenſables par les Etats-Généraux, ſeront également ſupportés par les citoyens de tous les Ordres & repartis entr'eux ſans diſtinction ni privileges.

IX. Toutes les charges publiques, de quelque nature qu'elles ſoient, ſeront converties en preſtations pécuniaires, également ſupportées par les citoyens de tous les Ordres, & pareillement reparties entre eux ſans diſtinction ni privileges.

X. Tous les impôts & contributions pécuniaires, ſeront portés ſur un rôle commun aux citoyens de tous les Ordres pour chaque genre d'impoſition.

XI. Les Etats-Généraux ſeront aſſemblés à des époques fixes & périodiques, dont la plus prochaine ne pourra être que de trois ans & la plus éloignée de cinq ans. Lefdits Etats-Généraux ne pourront jamais octroyer aucun fubfide que pour un tems déterminé, qui n'excédera dans aucun cas l'intervalle fixé pour une tenue d'Etats à l'autre. Tous Collecteurs, prépofés ou autres qui percevroient l'impôt au-delà de fa fixation en quotité, ou en durée, feront pourfuivis fur la dénonciation de tout citoyen, & à la requête des Procureurs-généraux, Syndics des états particuliers, dont il fera ci-après fait mention.

XII. Sans préjudicier à la périodicité des Etats-Généraux, établie par l'article précédent, le Roi pourra les convoquer extraordinairement ; mais alors les objets fur lefquels on devra délibérer, feront énoncés dans les lettres de convocation, & les Députés auxdits Etats ne pourront traiter aucune autre matière.

A 4

XIII. La nation ayant feule le droit de déférer la régence ; le cas arrivant, le premier Prince du Sang Royal, majeur de vingt-cinq ans, & à fon défaut, le plus proche dans l'ordre de la fucceffion au trône, & chacun des autres fucceffivement, feront tenus de convoquer les Etats-Généraux dans le délai de quinze jours.

XIV. Les Etats-Généraux périodiques pourront n'accorder les fubfides, qu'après avoir propofé toutes les loix relatives au redreffement des griefs de la nation, & qu'après que lefdites loix propofées auront été revêtues de la fanction du Roi, & publiées, fans que leur exécution puiffe être arrêtée par le refus des Cours fouveraines de faire lefdites publications.

XV. Les Etats-Généraux n'accorderont aucun fubfide que le compte de l'emploi des fonds octroyés par les Etats-Généraux précédens n'ait été rendu, & que les dépenfes de chaque département, y compris celles

de la Maifon du Roi, n'aient été de nou-
veau fixées.

XVI. Les Etats-Généraux pourront accorder, fous les conditions prefcrites par
l'article précédent, une fomme quelconque
pour les dépenfes extraordinaires, dont le
Miniftre des Finances fera fpécialement
chargé.

XVII. Les pouvoirs des Députés aux
affemblées des Etats-Généraux périodiques
ne pourront durer plus d'une année, paffé
lequel tems lefdits Députés ne pourront,
dans aucune circonftance & fous quelque
prétexte que ce foit, fe proroger ou conti-
nuer de refter affemblés.

XVIII. La liberté individuelle des citoyens étant *facrée & inviolable*, elle ne
pourra être attaquée que par les formes de
la loi; en conféquence aucun citoyen ne
pourra être emprifonné en vertu d'aucun
ordre du pouvoir exécutif, fans être remis
entre les mains de fes Juges naturels, dans

le délai qui fera fixé par la loi , & il n'exiftera aucun lieu de détention, autre que ceux qui feront foumis à l'infpection & à l'autorité de la jurifdiction ordinaire : toute violation du préfent article fera regardée par la nation comme un délit envers elle.

XIX. En conféquence, tous contrevenans à l'article précédent feront deftitués de leurs charges , offices ou emplois , déclarés incapables d'en poffédér aucun à l'avenir , & condamnés à telle amende qui fera fixée par la loi ; laquelle amende fera applicable au profit des citoyens qui auroient été illégalement détenus prifonniers.

XX. Il fera demandé que tout citoyen ait le droit de réclamer l'exécution de l'article XVIII , & de pourfuivre celle de l'article précédent ; & en cas de déni de Juftice , il aura le droit d'en rendre compte par la voie de l'impreffion , & les Juges qui en feront coupables feront dénoncés à la nation affemblée.

XXI. Il ne fera établi aucune Commiſ-
fion pour juger un citoyen & le fouſtraire
à ſes Juges naturels, & tous ceux qui ac-
cepteroient des places dans leſdites Com-
miſſions, feront deſtitués de leurs emplois;
déclarés incapables d'en poſſéder aucuns à
l'avenir ; & la condamnation aux peines
ci deſſus fera pourſuivie de la manière in-
diquée par l'article précédent, par-devant
les Juges qui auroient dû connoître de
l'affaire miſe en commiſſion.

XXII. Il ne pourra être accordé de
lettres de graces qu'après le jugement dé-
finitif & en dernier reſſort.

XXIII. Aucune affaire ne pourra être
évoquée, même du conſentement des
parties, aux Conſeils du Roi, ou par les
Cours ſouveraines, ſous les peines indi-
quées par l'article XXI, & les droits de
committimus & de *gardes gardiennes* feront & demeureront ſupprimés.

XXIV. Nul Magiſtrat ne pourra être

deſtitué, ſi ce n'eſt pour forfaiture préala-
blement inſtruite & jugée par les Tribu-
naux compétens, & nul Tribunal ne pourra
être ſupprimé en totalité ou en partie,
ſi ce n'eſt de l'avis & du conſentement
de la Nation, repréſentée par ſes Députés
aux Etats-Généraux.

XXV. Nul citoyen, ſervant dans l'armée
de terre ou de mer, ne pourra être *irré-
vocablement* deſtitué de ſon emploi, qu'a-
près un jugement préalable, & ſuivant les
Ordonnances rendues ſur cette matière.

XXVI. Le titre des monnoies ne pourra
être changé ni altéré, & le cours d'aucun
papier-monnoie ne pourra être introduit
dans le royaume, ſans le conſentement de
la nation repréſentée par ſes Députés aux
Etats-Généraux.

XXVII. Les ſubſides conſentis par les
Etats - Généraux, ſeront répartis par eux
ſeuls entre les différentes provinces.

XXVIII. Il fera établi dans toutes les provinces des Etats particuliers qui s'affembléront tous les ans, & qui feront chargés d'affeoir, de répartir conformément à ce qui eft prefcrit par les articles VIII, IX & X, ci-deffus, de percevoir & de verfer dans le tréfor de l'Etat la portion des fubfides, affignées par les Etats-Généraux.

XXIX. Lefdits Etats particuliers feront compofés, conformément à ce qui eft prefcrit par l'article V, ci-deffus, relativement à la repréfentation des trois Ordres & à la qualité des perfonnes qui doivent les repréfenter, & dans lefdits Etats particuliers les trois Ordres délibéreront en commun, & les fuffrages feront comptés par têtes.

XXX. Les Commiffaires départis & délégués n'auront aucune jurifdiction ni attribution, même provifoire.

XXXI. Les Miniftres feront perfonnellement refponfables de toutes les atteintes

qu'ils auront portées directement ou indi-
rectement à la nation.

XXXII. La liberté de la presse sera in-
définie sous la responsabilité de l'Impri-
meur, qui se fera toujours connoître, &
ne sera déchargé des poursuites à faire
contre lui , qu'en justifiant , en vertu
d'injonction du Juge, des nom, qualité
& domicile de l'Auteur.

Nota. Les trente-deux articles ci-dessus
sont renfermés dans le premier chapitre
du cahier de l'Ordre du Tiers-Etat du Bailliage de Meaux. Les autres chapitres trai-
tent des impôts , des loix civiles & crimi-
nelles , de l'agriculture , du commerce ,
enfin de toutes les demandes & observa-
tions générales & locales des paroisses du
ressort du Bailliage de Meaux; toutes se
réunissent pour demander la suppression
des Capitaineries , & principalement de
celle de Monceaux.

F I N

www.ingramcontent.com/pod-product-compliance
Lightning Source LLC
Chambersburg PA
CBHW061444170626
46811CB00005B/2366